허공도 짚을 게 있다

이 도서의 국립중앙도서관 출판예정도서목록(CIP)은 서지정보유통지원시스템 홈페이지(http://seoji.nl.go.kr)와 국가자료종합목록 구축시스템(http://kolis-net.nl.go.kr)에서 이용하실 수 있습니다.
(CIP제어번호 : CIP2020013038)

J.H CLASSIC 047

허공도 짚을 게 있다

박방희 시집

지혜

시인의 말

몇 마디 말로
다 말하거나

작은 말로
큰 말을
하고 싶을 때

寸鐵의 詩를 쓰다.

2020년
박방희

차례

2부

3부

4부

• 일러두기

한 연이 첫 번째 행에서 시작될 때는 > 로 표시합니다.

1부

세상

나만 홀로

버려두고

세상은

잘도 간다.

낮달

하늘 가
오두막 하나

사립도
없고

사람도
없네.

몽당연필

깎고
깎고
깎아도

끝내 버리지 못하는
흑심.

허공도 짚을 게 있다

넘어지는
순간에도
포기하지
마라,

허공도 짚을 게 있다!

심술

세상 술 가운데서
가장 독한 술

심술에 취하면
깨어나기
힘들지!

걸작傑作

공작
후작
백작
자작
남작

이 모든 귀족 위에 걸작이 있다.

설레발

그에겐 설레발이라는 발이 하나 더 있다.

그의 두 발보다
휠씬 힘이 더 센
발.

여백餘白

여백만큼

알뜰살뜰한
것은 없다.

한 번은

나무가
송이송이

꽃을
떨어트려

그늘지던
제 밑을

환하게 한다.

묘비명墓碑銘

— 공동묘지에서

여기
산者

아무도
없다.

人生

떨어져 누운

꽃송이를 보고

그제야

나무 위를

쳐다보네.

적막寂寞

대체로 삶의 마지막 무렵에 떠오르는
적막이라는 幕은
모든 빛과 색을 잡아먹는
검정색

심연처럼

모든 게
가라앉고
떠오르지를 않는다.

설화

겨울에
눈으로 피는
설화는
아름답다.

사시사철
입으로 피는
설화는
끔찍하다.

신작로

먼
신작로 길을
볼 때마다

너는
그리움이 되어
걸어오고…….

만행漫行

구름
한 점 없이

가없는
하늘

보일 듯 말 듯
떠가는

조각달
하나.

호박씨

뾰족이 내민
촉으로

구불구불
작년에 쓰던
푸른 문장

올해도
쓰고 있다.

손금

누구든

손에는

금이 있다.

양파

까도, 까도
알맹이가 안 나온다.

까다가
까다가
눈물만 남는

우리나라
민주주의.

미꾸라지

추어탕에는

한 사발.

흙탕에는

한 마리!

면을 세우다

울퉁불퉁한 것

울룩불룩한 것을

반듯하게 닦으면

면이 세워진다.

조선造船강국의 뉴스

올 추석의
가장 인기 있는
선물로는

단연
배라고 한다.

거부巨富

거부에는 魔力이 있다, 모든 것을 끌어당기는 힘!
巨富는 또 그 힘으로 모든 것을 拒否할 수도 있다.

혁명가에게도
정치가에게도
민초에게도

거부는
거부할 수 없는 매력이다.

욕실

욕실에 들어가

나,
온종일
세상
욕했다.

너무 안락한 의자

너무 편안하여
다시는 일어서고 싶지 않은 의자

그 의자에
내가 앉는 날
영영 일어나지 못하겠지!

국화

올해 흰 국화 수요가 예년의 배 이상이라고 한다.

많이들 죽었구나…….

하늘목장

한가로이

풀 뜯으며

흘러가는

구름 양떼

매— 매—

汚物

모든
살아 있는 것은
오물을
남긴다.

무덤 하나

깊은 산
높은 마루

양지바른
무덤 하나

죽은 이가
참 높이도
올라왔네!

표절

표절이라는 절

부처님만
없고

중도 있고
신도도
있다네.

나이테

나무는
해마다
옷고름을

칭칭칭
칭칭칭

몸속에다
동여맨다.

인식

보자기에쌀수있는것을생각해

다　　　　　　　　　　　　보

니　　　　　　　　　　　　니

습　　　　　　　　　　　　보

었　　　　　　　　　　　　자

없　　　　　　　　　　　　기

이　　　　　　　　　　　　에

것　　　　　　　　　　　　쌀

쌀　　　　　　　　　　　　수

더　　　　　　　　　　　　있

는　　　　　　　　　　　　는

에밖식인는다없도것무아은것

우리 땅

전라도?
경상도?

그 어디든
흙 묻은
우리 땅!

F-16

21일 12시 14분께 충남 서천군 화양면 화촌리 마을회관 앞 논바닥에 미군 전투기가 추락하는 사고가 발생했다. 충남 서천에서 추락한 미 공군 F-16은 현재 우리나라 공군 주력기종인 KF-16과 같은 기종으로 2000년 이후 국내에서만 10대가 넘게 추락했다.

나비보다 못한 165억짜리 비행기라니…….

* 연합뉴스(2012. 3. 21.)
* F-16은 동체 길이 14.8m, 너비 9.8m, 높이 4.8m로 최대 이륙 중량은 1만9200㎏이다. 최고 속도 마하 2이상이며, 작전반경은 550㎞이다. 제공 및 대지공격을 비롯해 공중정찰, 대공제압 임무에 투입될 만큼 다목적 전투기이다. AIM-7, AIM-9, HARPOON 등 미사일과 M61A1 20㎜ 기총이 탑재되며 LANTIRN, APG-68 방향 탐지 레이더 등 첨단 전자장비도 장착이 가능하다. 대당 가격은 대략 1500~1800만 달러이다.

소주병

오,
너는
달로
가는
미사일
아니냐!

2부

은행나무의 꾀

구린내가
지독한
은행 열매

노랗게
익어도
따가지 않아요.

보수주의자의 변

보수주의자의
변은 구리다.

뭐든 속에
오래 넣어두니까!

붉은 신호등

네거리
건널목에는

자주 弔燈이
내걸린다.

길 하나
건너려다
이승을 건넌

목숨들을 위해!

진보주의자의 변

진보주의자의 변은
시원시원하다.

하지만
자주자주
설사를 한다.

대구大邱

불쌍한 대구
남해에서
동해에서
서해에서
포획이나 당하면서
밥상에 오르거나
주안상에 올라
씹고 씹히는
아, 불쌍한 대구.

말

— 19대 대선 후보 토론회에서

때로는
빈 의자가

말할 때도
있다.

쪽

해님도

편 가르기를
하나 봐,

양지쪽을
만드네.

시인

홍(사덕) 전 의원은 경남 소재 중소기업인 H공업 진모(57) 회장으로부터 올해 3월 중순 중국산 담배상자에 든 5천만원을 건네받고, 지난해 추석과 올해 설 쇠고기 선물세트와 함께 각각 500만원을 받는 등 총 6천만원을 받은 혐의로 중앙선거관리위원회에 의해 고발됐다. 홍 전 의원은 지난 12일 피의자 신분으로 검찰에 출석해 진 회장에게서 지난 3월 2천만원, 작년 추석과 올해 설 각 500만원 등 합계 3천만원을 받은 혐의를 시인한 것으로 전해졌다.(2012. 90 17. 연합뉴스)

……그렇게 그는 시인이 되었던 것이다.

줄

줄이 생기면 질서도 생겨, 줄은 힘을 원시취득 한다.

줄은 發電하여 發展하고
放電하여 反轉한다.
줄은 펼치고 오므리며
도전하고 응전하여
줄에는 힘이 있다.
개체는 줄을 만들지만
줄은 개체를 끌고 가고
나아가 세상을 끌고 간다.

천문대

별일 없느냐고요?

별일뿐인 걸요!

별걱정

하루가
저물도록
하늘 한 번
안 쳐다본
사람들이

별
걱정을
다 하고 있다.

어디에도 없다

세상
내다버릴 곳이

세상
어디에도
없어라.

독거獨居

비 오는 날은

늙은이가 되고

눈 오는 날은

아이가 되네.

꽃

위는 생生
아래는 사死

지척 간의
죽음으로
질 때

꽃상여로
제 주검을
운구하는
꽃.

세상이 나보고

비뚜름히

기운 세상이

나보고

자꾸

바로 서라 하네.

백두대간白頭大幹

등에 올라
박차면

갈기 세워
휘달릴

우리나라
푸른 말.

탁본

— 봉덕사 神鐘소리

신종 아래
한지 펼쳐놓고

웅
웅
소리를 앉히면

탁본되는
천 년 전 아기 울음소리

에밀레~~~~~~

횡설수설

요즈음같이
난분분한 날은
횡설수설이
먹고 싶다.

국민투표

오뉴월
뙤약볕 속에 흘린

피와 땀과
눈물방울에 꼭 찍었다.

최루탄 가스에 꽃핀
民主主義에
꼭 찍었다.

고개

산이
고개 하나를
낳아 놓았다.

그 고개
넘어서니
또 다른 고개가

달을 이고 서 있다.

물

흐르는
물에는

　지
　느
　러
　미
　가
생긴다.

참새

구천을
나는
鳳凰인들

어찌 작은
참새 속을
알랴.

발해 성 다듬이질 소리

오늘 아침 배달된 조간신문을 펼치면서 아련한 다듬이질 소리를 들었다.

러시아 연해주
발해 성 유적에서 발굴된

다
듬
잇
돌에서…….

석탄과 밥

밥은 희다.
석탄은 검다.

검은 탄을 캐
흰밥을 먹는다.

그게 삶이다.

사과의 계절

설화가
피면
사과가
열린다.

설익은 푸른 사과에서
새빨간 사과까지.

물의 道

물은
낮은 곳으로만
흐름으로써,

거슬러 오르는
수고 없이

먼, 먼,
바다에 가 닿게
되었습니다.

새

죽은 새야말로 진짜 새이다.

永遠으로 날아갔으니…….

하루

온 生涯가
어느 하루를 위해
존재할 때

그 하루는
영원한 하루가 된다.

자수自首
— 레드 콤플렉스

빨간
신호등 안에
갇힌
남자

그게 바로 나예요!

달과 별

불만분자들
감청하고
보호관찰하기 위하여

하늘에
띄워놓은
大兄의
귀와 눈.

담배

담뱃갑 안에
차곡차곡 개져

뭉게뭉게
풀려나길
꿈꾸는

시름들…….

마천루

하늘로솟

은마천루

높기도하

여라위로

는해를가

리고아래

로는그림

자가땅을

들 뒤덮는다

은 새 은유리창에 며

작 비치는제 날 보

슬픈마음 개 를

으로아득

히잿빛절

망을비껴

날아간다

門

똑, 똑,

두드리면

열리는

것!

그루터기

그루터기로 모이는 햇빛
그루터기로 모이는 바람
그루터기로 모이는 숨
그루터기로 모이는 남은 날짜
그루터기로 모이는 남은 꿈

그루터기는 참 밝고 따스하여라.

3부

신에게

일찍이
나한테
그처럼
환영받은 것은
없다.

언제
어디서든
맨발로 나가
맞았으니!

바닥인생
— 탈출

바닥을
떠나기 위해
그가 한 일은

지상의
가장 높은 가지에

목을 매는
것이었다.

함께라면

세상에서

가장 맛있는
라면은

너와 나

우리
함께라면.

遺作

물고기는 제 몸 속에
그림 한 점 그립니다.
뼈와 가시로 그리고
살과 비늘로 표구하여
물속에 전시하지만
죽은 뒤에나 감상할
단 한 점의 유작입니다.

미친 사람

못 미친
우리보다
좀더

정신이
번쩍이는
사람!

집 보기

빈집 지키며

집 보는 날

내 귀가 자라

마을 간다.

귀

소리의

홍수 속에

가을여치 울음

가려듣네.

기旗

오르렴,
백척간두
百尺竿頭

오로지
펄럭이기
위하여!

山

뿌리에
물주면

산도
쑥쑥
자라난다.

여름 가뭄

부채에
이는 것은
바람

부채로
부치는 것은
근심.

재떨이

재떨이는

방의

배꼽

타다 만

꽁초 몇 개는

재떨이

밥.

저녁

이 저녁

닳아빠진
놋숟갈처럼

반짝이는
외로움이여!

아이들
— 팥 농사

땅이 없어

제 이마를 쪼아

검붉은 팥

한 뙈기

갈아놓곤 한다.

뱀

죄악의

허물 벗어놓고

낙원으로

들어갔나?

한천旱天

감나무도
제 그림자를

우물 속에
드리운다.

딱지

새살 돋은
상처에

딱지
떨어지듯

가난도 익어
떨어질 수 없을까?

눈길

총총총…….

여기
한生이

걸
어
갔
구
나
!

죽음의 표정

— 공동묘지에서

무덤은
표정이 없네.

모두
무덤덤하네.

이게 바로
죽음의 표정이겠지!

여자란

여자蘭의 꽃향기는 그윽하기 그지없다.

달에
한 번씩
피는

붉은 꽃도
아름답다.

여자란 2

여자란
서슬 푸른
잎으로

한 번씩
사내를
베어 눕히곤 한다.

하지만

하지만이란 灣은 튀어나오거나 뾰족한 곳이 있어

곧잘
딴죽을 건다.

섹스

그건

끝없는

동어반복
同語反覆

아니냐?

노동자 1970년

백
만원
고지가
백마고지
보다더높은
우리나라산업
전사들이여쓰러
지고쓰러져도다시
일어나전진하라백만
원고지눈앞에보인다수
출조국의피골상접한자들
이여백골들이여전진또전진!

진달래꽃

천 길
아득한

낭
떠
러
지
에서도 피어

깜깜하게 웃고 있는
조선의 꽃!

엄벌

【울산=뉴시스】유재형 기자 = 성관계 도중 상대의 목을 졸라 숨지게 한 30대에게 징역 15년형이 선고됐다. 울산지법 제3형사부(재판장 정계선)는 살인죄와 절도죄로 기소된 A(33)씨에게 징역 15년과 위치추적 전자장치 부착 10년을 각각 선고했다고 19일 밝혔다. A씨는 올해 1월 울산의 한 주점에서 업주와 성관계를 하다 상대의 목을 졸라 살해하고 현금 24만원을 훔쳐 달아난 혐의로 기소됐다. 그는 성관계 도중 목을 조르면 어떻게 될까 하는 호기심이 생겨 피해 여성을 살해했다. 재판부는 "뚜렷한 동기 없이 궁금증으로 피해 여성의 목을 조르고 살해한 후 돈까지 절취한 것은 죄질이 극히 나쁘다"면서 "어떤 방법으로도 피해 회복을 할 수 없는 중대 범죄인 살인죄를 저지른 점, 유족들이 말할 수 없는 충격과 고통을 받았을 점 등을 볼 때 엄벌이 불가피하다"고 밝혔다.(2014. 4. 19.)

그런데 재판부가 밝힌 그 엄벌嚴罰이

고작 징역 몇 년으로 끝나는 것이니…….

속담

음식 두고 배고프다면

음식 욕보이는 것이다.

꿈에서 한 일

詩人 비읍 씨가 자신을 사랑하게 된 것은 백일몽 때문이라는데,

꿈에 장군이 된 그는

루비콘
강을 건너가
로마를

정복했다는 것이다.

가을

노랗게
벼가 익으니

짹짹
참새소리도
여문다.

장군將軍들

저물도록
비워낸
소주兵과 맥주兵,

나란히
줄 맞춰 세워놓고

차렷!
열중쉬어!

청빈清貧

저녁놀을

고추장 삼아

맨밥을

비벼 먹다.

난蘭

우리 집 난이
몸을 풀었다.

홀로 낳은 향기가
방에 가득하다.

단절

단절이이라는 절도 있다.

까마득히
벼랑 위에 지어져

비상이나
추락만이
길이 되는 절.

줄장미

줄장미가
줄 타고
담을 넘어
골목으로
줄행랑치네.

4부

팔자

팔자가
좋기는
부동산
중개업자.

아이들

학교와
방과 후 교실

학원
학원
학원
학원

오늘도 배움의 성소를 순례하는…

역마살

그는 살이 많다.

비대하게 찐
역마살을
빼기 위해
오늘 다시 길을 나선다.

선거

째고 쌘

우리나라
당 중에서는

식당이
단연 최고.

신에게는 아직 열두 척의 배가 있사옵니다

내게도
아직 출간하지 않은

아홉 권의
시집 원고가 있다.

배

우리 앞에

가로놓인

바다도

배를

띄우면

길이 된다.

같이와 가치

같이
있는 것은

가치 있는
일이다.

居祖庵

한 번
거동하여

오백나한을
친견하다니!

* 경북 영천시에 있는 조계종 사찰로 영산전에 모셔진 오백 나한으로 유명하다.

救하기

구하는
일은

구하는
그 사람도
구한다.

추석

고향 가서

달 보고

집에 와서

달 보고.

殮하다

마침내

다 이루고

줄 것 다 준 후,

스스로 염하여

하늘 아래 서는

겨울나무들.

꽃자리

왔다가 가는 일이

꽃에도 아픔인지,

꽃 진 자리에도

자국이 남는다.

강

강은

저문

걸음으로도

천 리를

간다.

개나리꽃

비루먹은
가지에
피워놓은 꽃,

햇볕이
토해놓은
오물같이…….

바다

一

望

無

際

를

펼쳐 보이는 손,

참 넓다.

넘어진 의자

누가 일으켜 주면 다시
의자가 되어

앉거나
서 있어야 하는
의자.

사람은 죽어 누구나 사진틀 속으로 들어간다

영정 속에 든 얼굴이

나이기도 하여

내 죽음 앞에

향을 피우고 엎드리네.

곰보

누가 곰보라고
흉보지 마라.

곰보란
마음이 얽은
사람보다는

아름다운
사람이다.

조국 산하

白頭는

멀리

만주벌을

굽어보네.

자정 무렵

밤 열한 시와
한 시 사이

어제와
오늘 사이,

하루와 또
하루 사이를

우리 집 벽시계가 힘겹게 건너가고 있다.

시국時局

大統領이
파업하여

청와대에서
농성하자

國民들은
발끈하여

국가를
폐쇄했다.

고향

하루밤낮 길에

당도한 남도 마을

설움같이 피어 있는

저녁 나부리.

뒤주

빈
뒤주 안에
가득 고여 있는

작년의
어둠과 허기.

과녁

모든
集中이고
的이라

과녁은
아프고
아프다.

횡단보도

인생의
긴긴
여정에도

때로
횡단보도가
나온다.

환승換昇

나는
목적지에
가기 위해

인생을
환승했다.

詩人

배터리가
나가면

별에
접속하여
충전하는
사람.

무아지경

무아지경이라는 거울이 있다.

그 거울보기에 빠지면

거울 밖으로 빠져나오기

힘
들
다.

쏜살같은 세월

세월이 쏜
화살에
맞든
안 맞든

온전한 게 없다.

전국에 비

전국적으로
내린다는 비

그런데
이곳은
말간 하늘

외딴
이 마을은
종종 전국 밖에 있다.

성에는 함성이 산다

성을 쌓는 것은
돌덩이지만

성을 지키는 것은
함성이고

무너뜨리는 것도
함성이다.

터

익산미륵사지

절터에서
절을 보고

탑 자리에서
탑을 보다.

빗소리가 길을 내다

주룩주룩
조록조록
빗소리가
길을 내네

고향으로
가는 길
유년으로
가는 길.

발문

짧고 명료한 촌철살인의 시

박방희 시인

짧고 명료한 촌철살인의 시

박방희 시인

나의 10대 때의 꿈은 음유시인吟遊詩人이었다. 소년이 자라 20대가 되고 청년이 되었을 때는 위대한 작가作家의 꿈이 보태졌다. 음유시인과 위대한 작가! 얼마간의 외도도 있었지만 나는 여전히 그 길 위에 서 있다. 우여곡절 끝에 오로지 글 쓰는 일에 몰두하는 지금의 상황은 내가 늘 꿈꾸어 오던 상황이다. 우여곡절迂餘曲折이란 것이 오늘의 나를 만든 것이고 내 글쓰기의 원천이 되었으니 그 또한 나무랄 일이 못 된다. 도대체 먼저 살아보지 않고 무엇을 쓸 수 있단 말인가? 하짓날, 세상에서 가장 긴 낮을 홀로 건너가는 낮달이 바로 내가 그리는 자화상自畵像이다.

그 동안 내 시는 많이 변모했다. 무엇보다 말수가 줄어들었다. 삶에서나 문학에서나 나는 말 많은 게 싫다. 한 마디의 말, 한 문장의 말로 사물의 핵심을 찔러야 한다고 믿는다. 말이 많으면 쓸 말이 적어진다고 하지 않는가. 장검이 아니라 비수 같은 단검으로 승부를 보는 시, 그저 전광석화電光石火같이 의표를 찌르는 언

술로 진검승부를 하는 시, 단말마 같은 서슬 푸른 시에 나는 전율한다. 한 줄짜리 시도 한 쪽짜리 소설도 얼마든지 훌륭할 수 있는 것이다.

지금의 내 시는 대체로 짧고 간명하다. 조금 길다고 해도 걸림이나 거침이 없다. 풍자諷刺와 역설逆說, 그리고 위트와 유머의 시를 지향한다. 서정의 넋두리가 아닌 극서정으로 가는 시, 짧고 명료한 촌철살인寸鐵殺人의 시를 선호한다. 이는 아마 내가 소설이나 동화 같은 장르에서 길게 쓸 공간이 있기 때문인지도 모르겠다. 무엇보다 빠르게 돌아가는 현대라는 시대가 그런 속성을 요구하지 않는가. 따라서 이 시집에 실린 시는 이러한 나의 시론詩論과 취향에 부합하는 시들이라 할 수 있겠다.

박방희 시집

허공도 짚을 게 있다

발　행 2020년 4월 10일
지 은 이 박방희
펴 낸 이 반송림
편집디자인 김지호
펴 낸 곳 도서출판 지혜 · 계간시전문지 애지
기획위원 반경환 이형권
주　소 34624 대전광역시 동구 태전로 57, 2층 도서출판 지혜 (삼성동)
전　화 042-625-1140
팩　스 042-627-1140
전자우편 ejisarang@hanmail.net
애지카페 cafe.daum.net/ejiliterature

ISBN : 979-11-5728-392-7 03810
값 10,000원

박방희

박방희 시인은 1946년 성주에서 태어나 1985년부터 『일꾼의 땅』, 『민의』, 『실천문학』 등에 시를 발표하며 작품 활동. 이후 동시, 동화, 소설, 수필, 시조부문 신인상을 받거나 신춘문예 당선 또는 추천되었다. 방정환문학상, 우리나라좋은동시문학상, 한국아동문학상, (사)한국시조시인협회상(신인상), 금복문화상(문학부문), 유심작품상(시조부문) 등을 수상하였다. 시집 『나무 다비』, 『사람 꽃』, 시조집 『꽃에 집중하다』, 동시집 『판다와 사자』 등 27권의 작품집이 있고 현재 마천산 자락에서 전업작가로 살며 대구문협 회장으로 일하고 있다.
박방희 시집 『허공도 짚을 게 있다』는 잠언과 경구로 쓴 시집이며, 이 시집은 한마디로 말해서, 시간의 절약과 종이의 절약과 말의 절약 이외에도 최소한의 언어로 최대한의 의미를 충전시키는 너무나도 아름답고 풍요로운 '말의 향연'이라고 하지 않을 수가 없다.

이메일: pbh0407@hanmail.net